www.tredition.de

AF196099

Nina Naster

Hausmittel

Geschichten des Frühlings 2020

www.tredition.de

© 2020 Nina Naster

Verlag & Druck: tredition GmbH, Halenreie 40-44, 22359 Hamburg

ISBN
Paperback: 978-3-347-07011-0
Hardcover: 978-3-347-07012-7
e-Book: 978-3-347-07013-4

Das Werk, einschließlich seiner Teile, ist urheberrechtlich geschützt. Jede Verwertung ist ohne Zustimmung des Verlages und des Autors unzulässig. Dies gilt insbesondere für die elektronische oder sonstige Vervielfältigung, Übersetzung, Verbreitung und öffentliche Zugänglichmachung.

innen leben

Frühling schwebt durch die von Ruhe und Vernunft weich gezeichneten Straßen, als hätte ein seine Güte hinter reichlich Zynismus versteckender Gott seine Pinsel geschwungen. Ein März, der die Großstadt mit etwas eincremt, das sie bremst oder glättet oder jedenfalls verwandelt. Wie eine dieser Wärmesalben, nach deren Auftragen eine Weile schwer zu erfühlen ist, ob die Haut nach dieser Betäubung gekühlt oder verbrannt sein wird. Und doch wirken weder die Amseln und Meisen, noch die Tulpen und Kirschblüten außer Takt mit den kitschigen Frühlingsliedern jedes anderen Märzes. Sonnenschein, blauer Himmel, frühe Vorgärten voller Frieden.

Beim Bäcker stehen zwei alte Frauen, loben das Wetter und lachen sich aus zwei Meter Abstand zu. Der Geruch von frisch gebackenem Brot keimt in meinen Nasenlöchern, um sich von da aus in meinem ganzen Körper zu verbreiten. Ich kann nicht wissen, ob er dort auch auf die Erreger trifft, um die sich gerade alles dreht. Ob ich zu den Menschen zähle, die diese in die morgendliche Frühlingsluft dieser Stadt pusten, wo sie unentdeckt von den anderen wieder eingeatmet werden. Um weitere Gründe zu liefern für Absagen, Verbote, Schließungen und Angst.

Natürlich bedeutet es etwas für diese Stadt, wenn sich auch heute die Tür zu „Astrid's Haarsalon" nicht öffnen wird, nicht die zum „Schokostübchen" oder dem „Restaurant Zeus". Keine Boutique, keine Bar, kaum ein Büro.

Wo sonst dutzende auf einmal fahren, brummt jetzt nur ein einziges Auto an mir vorbei, deren Lautsprecher das Viertel mit einem Lied beschallen, das ich nicht kenne. Der Mann vom Paketshop winkt mir durch sein Schaufenster zu und ich winke zurück. Das Vertraute beruhigt, die Gemeinschaft tröstet. Wir alle stecken in der gleichen Premiere. In der niemand einsam sein sollte, in der niemand durchdrehen sollte. Auf der gegenüberliegenden Straßenseite rast mir eine Rennradfahrerin entgegen, mit dunkler Brille gegen die Frühlingssonne, mit Beinlingen und Sturmmaske gegen den Frost. Alle suchen Bewegung. Und Chance auf Triumph über sich selbst.

Mein Erfolgsgefühl rührt von einer frühen Runde zum noch fast menschenleeren Supermarkt, von der ich nun mit für meinen und den Haushalt meiner Nachbarin Frau Neubert gefüllten Taschen zurückkehre. Ich fühle Stolz darauf, Lösungen gefunden zu haben für die Rätsel, vor die mich ihre Handschrift auf dem per Foto verschickten Einkaufszettel gestellt haben. Vielleicht nicht immer die richtigen Lösungen, aber Lösungen.

Von diesem Ausflug belebt, steige ich die Stufen hinauf und stelle Frau Neubert die Einkaufstasche vor die Tür. Das mit dem Geld regeln wir später, habe ich ihr geschrieben und dass ich sowieso einkaufen gegangen wäre. Ohne dringenden Notfall würde ich ihre Wohnung jetzt nicht betreten. Dabei war ich immer so gern darin zu Besuch, immer wieder davon fasziniert, dass es meine eigene Wohnung auch spiegelverkehrt gibt und voller Möbel, die so anders sind als meine.

Als meine Wohnungstür ins Schloss fällt, höre ich es in meinen Ohren rauschen. Ich wasche mir die Hände, räume die Taschen aus und wasche mir noch einmal die Hände. Mobile Daten aus, Teewasser an, Haare zum Zopf und Jogginghose. Dann krieche ich unter die Bettdecke, die Michael warmgehalten hat. Da bist du ja endlich wieder, murmelt er an die Haut an meinem Hals und döst weg.

Am Fußende unseres Bettes malt Finn an seiner Stadt. Blatt für Blatt malt er Bäume, Menschen und Häuser, die er auf dem Fußboden seines Zimmers zu einer ganzen Stadt zusammenlegt. Im Sommer wird er sechs und gestern hat er mich gefragt, ob auch er dann niemanden einladen darf. So wie seine Cousine, zu deren Geburtstag wir vorgestern per Videochat gratulieren mussten, obwohl sie nur ein paar Straßen weiter wohnt. Finn hatte ihr ein Bild gemalt, auf dem ein flauschiges Etwas mit Zacken zu sehen ist, zwei schiefe Kreise als Augen und ein etwas größerer als Nase und dann ein Mund, dessen Winkel traurig herunterhängen. „Das ist aber ein trauriger Drachen!", hat seine Cousine Finns Bild zu bestaunen versucht. Um von ihm belehrt zu werden: „Nein! Das ist der Corona-Virus!" Das Bild hängt jetzt an unserem Kühlschrank. Neben denen von Tieren, Baggern und Drachen.

In ein paar Jahren wird er vielleicht auch so gern lange schlafen wie Michael. Für den das alles noch sehr neu ist. Für mich nur ein bisschen. Ich gehe schon seit 11 Wochen morgens nicht ins Büro, sondern an meinen Schreibtisch in dem Zimmer, das Michael „Kammer" nennt. Nicht viele haben in meinem Alter die Chance, beruflich neu anzufangen. Die Wahrheit ist, dass ich kaum etwas dafür tun musste, dass es mir einfach passiert ist. Ein Verlag hat mich um ein Buch gebeten. Weder weil ich gut schreiben, noch weil mein Name in Menschen Neugier auslösen kann. Der einzige

Grund ist ein Terroranschlag. Außer mir hat nur ein Kleinkind überlebt, also mussten sie mich um das Buch bitten.

Seitdem führe ich ein sehr simples Leben. Aufstehen, Kaffee, Schreiben, Mittag, Schreiben, Sport, Kochen, Abendbrot, Couch, Ins-Bett-Gehen. Einen Großteil davon zwischen den Wänden dieses länglichen Vierecks. Dreiachtundsechzig mal zweisiebenundachtzig voller weißer Raufaser und ein kleines Fenster nach Osten. Ich werde ein Buch geschrieben haben.

Als Michael aufsteht, habe ich wieder zwei Seiten geschafft. Er hat mich oft gebeten, wenigstens ein Kapitel lesen zu dürfen, hat gefragt, nachgebohrt, sogar ein bisschen gebettelt. Und dann hat er Begründungen dafür gefordert, dass ich ihm meine Seiten verweigere. Nach seinem Frühstück höre ich ihn einen Nachrichtensender gucken. Es beschäftigt ihn, dass die Menschen zu Hause bleiben, allein mit ihren Ängsten und ihren Kindern. Dass sie schlafen und essen, einander anrufen, dass sie netter sind und fauler. Er selbst wird gerade nicht gebraucht. Seine Chefin hat ihn freigestellt. Die paar Gerichte für den Lieferservice kann sie auch allein kochen. Gestern Nachmittag hat er ein 6 Jahre altes Fußballspiel geguckt, worüber ich mich noch beim Einschlafen gewundert habe.

Mein Blick bleibt auf der Wand vor mir hängen. An die ich eine von Finns Zeichnungen geklebt habe. Vielleicht ist es nur deshalb mein Lieblingsbild von ihm, weil er es in unserem letzten Urlaub gemalt hat. Michael mit Strubbelhaaren und je einem Blumenstrauß in den erhobenen Händen, Finn selbst beim Pflücken von Früchten eines Baumes und ich winkend und mit einer Riesenwaffel voller bunter Eiscreme in der anderen Hand. Während Michaels Augen zwei blaue Kreise sind, kann ich in meinen die Gewissheit erkennen, das Schlimmste im Leben schon hinter mir zu haben.

Ich schreibe ein paar Sätze. Bis ich Michael durch die Wohnung tapsen und mit seinen Eltern telefonieren hören muss. Es geht um Atemschutzmasken und dann kritisiert er die Regierung und ich kann mir vorstellen, wie sein Vater dazu nickt. Ein aufbrausender Kerl, an dessen bulligem Körper die Arme immer etwas kurz wirken und ungelenk. Der alles deuten, auf einfach alles sofort eine Antwort finden kann. Und ich habe Angst, dass Michael diesem Mann irgendwann ähnlicher wird.

Der noch nicht weiß, wie gut es ihm tun würde, früher aufzustehen. Regelmäßiger zu essen. Mit seinem Kind Spaziergänge zu machen, Bilder zu malen und Städte zu bauen. Michael wird es herausfinden. Auch dass er rein gar nichts verpassen wird, wenn er weniger Nachrichten anschauen würde, geht mir nicht über die Lippen. Er wird es von selbst verstehen. Sich Aufgaben suchen und Lösungen finden. Den Müll wegbringen, den Balkon bepflanzen, die Fotos auf seinem Telefon sortieren oder neue entstehen lassen.

Gegen Nachmittag macht er sich die Reste vom Vorabend warm. Ich esse einen Apfel und trinke in der Balkonsonne einen Espresso dazu. Frau Neuberts Nachricht auf meiner Mailbox lässt mich schmunzeln und ihr sofort antworten. Er kommt dazu und küsst mich und beginnt, mir seinen Traum zu erzählen. Ich komme darin vor, ein Karussell und verschluckte Katzenbabys.

Obwohl mir klar ist, dass ich etwas darin lesen soll, scheitere ich daran.

Eigentlich will ich längst an den Schreibtisch zurück, aber er hört nicht auf und ich scheue mich davor, ihn zu unterbrechen. Ich finde es schwer genug, mich so viel erinnern zu müssen. Um dann alles aufschreiben zu können, den Versuch zu wagen, das Erlebte umzudeuten, es mit Sinn oder wenigstens mit Anfang und Ende zu versehen. Auf einmal höre ich ihn über Vertrauen reden. Er beklagt sich und wird lauter und wenn auch unsere Nachbarn gerade auf ihren Balkonen stehen sollten, werden sie ihn klarstellen hören können, dass das alles eine Frechheit ist. Ich höre ihn einige meiner aktuellen Lieblings-Worte wie „interstellare Monster", „Zeitreisende" und „Zwölfgesteinszauber" in dem Ton benutzen, in dem er aus Kinderbüchern die Worte der Hexe vorliest.

Meine Augenbrauen recken sich nach oben. An diesem Morgen, als ich für uns und Frau Neubert einkaufen gewesen bin, muss er in meinen Manuskripten gelesen haben. Wortlos gehe ich an meinen Schreibtisch zurück und klappe den Laptop wieder auf. Dass es ihm leidtut, ruft er mir hinterher, dass er mich doch nur besser verstehen wollte. Ich kann mir denken, wie er nun überlegt, ob er sich entschuldigen soll oder verteidigen oder beides. Natürlich ist er mir in die Kammer gefolgt. Und bittet mich, zu erkennen, wie gestresst er ist. Ihm zu glauben, wie sehr er sich um mich sorgt. Dass er jetzt enttäuscht ist, weil ich an etwas anderem schreibe als er dachte und was wohl der Verlag dazu sagen würde, dass ich statt an der „Attentatsstory" lieber an „Quatsch mit kleinen grünen Männchen" arbeite. Und als ich noch immer nicht reagiere, sagt er mir, dass ich doch genau wissen müsste, dass er meinen Laptop nur aufgeklappt hat, weil er mich so liebt.

Durch das offene Fenster hören wir, wie draußen eine Autotür geschlossen wird. Dann ist sie wieder da, die dieser Stadt so fremde Stille. Etwa dreihundert Seiten habe ich fertig, vierhundertfünfzig sind geplant. Während das Leben weitergeht. Menschen werden geboren, Menschen sterben, Menschen fühlen sich unsterblich. Manche werden ihr Leben ändern, andere sich in Nostalgie flüchten. Michael wird sich entschuldigen.

Ganz unrecht hat er nicht. Der Verlag bezahlt mich nicht für Science-Fiction. Vielleicht war in dem Drang, in meinem Manuskript zu schnüffeln, auch Liebe enthalten. Vielleicht hätte ich den Spaß an meinem Kontrastprogramm-Text mit ihm teilen sollen. Vielleicht aber auch nicht. Jetzt höre ich ihn betteln und weinen. Ich tröste ihn, wir trösten uns.

Finn kommt in die Kammer. Als er uns Arm in Arm dastehen lässt, muss er schmunzeln. Auch ich grinse, als ich erkenne, dass er sich das Gesicht angemalt hat. Lauter farbige Striche auf Wangen, Nase und Stirn. In der Hand hält er ein Blatt Papier. Zwei große bunte Menschen, ein etwas kleinerer. Das wir das sind, erklärt er uns. „Und das?", deutet Michael auf ein Tier. Vier Beine, eckige Ohren, langer Schwanz. „Eine Katze?" Finn lacht und sieht mich an. „Ein Hund?", rate ich. „Das bin ich.", erklärt er uns mit seinem Gesicht voller bunter Linien.

Später kocht Michael Abendessen, zu dem wir uns zusammen an den Esstisch setzen und ohne dass der Fernseher läuft, was vielleicht einer der Gründe dafür ist, dass es Finn nicht schmeckt. Dessen Gesicht noch immer voller Striche ist, aus denen ich etwas zu erkennen versuche. Vielleicht hilft es mir, so zu tun, als wären auch diese Tage Alltag. Dabei weiß niemand von uns, wie oder wie lange. Auch die Nachbarn wissen es nicht und nicht mal die, die es unbedingt wissen wollen.

Natürlich werden uns diese Tage in Erinnerung bleiben, einigen wird es sogar das ganze Leben ruinieren. Möglicherweise werden wir es hassen, daran zurückzudenken. Und auch, wie oft wir das tun müssen. Als ich ins Bett gehe, ist von meinem Zorn Enttäuschung geblieben. Wieder höre ich Michael ein Fußballspiel gucken. Aber dann schlafe ich ein. Es beginnt nach Gebratenem zu riechen, nach Frittiertem, nach Zuckerwatte. Ein Platz, laute Musik, viele Menschen. Außen Tränen und innen Trost. Das Versprechen von etwas Riesigem, Wummernden. Ein Echo. Ich spüre meinen Herzschlag und die Körper von tausenden Menschen, die mich berühren und mitreißen. Denen ich vertraue.

zu Haus

wir streunen im Tag herum:
MahlzeitNAbendGuteNacht
vor unseren kleinen Fenstern: tote Riesenräder
und fast hätte der Spargel geblüht

wir streunen um den Tag herum
anlehnen an bandbreiten (und zurück)
auf der ganzen Welt
zu Haus

Hausmittel

Draußen Sonnenschein. Drinnen Nichts. Leib in Delle in Couch. Durchsichtig. Kurzsichtig, trüb, allein. Die Brille weit weg. Die Welt schwimmen sehen, sich abtreiben lassen. Hausmittel. Ingwertee und Salbeibonbons gegen kratzenden Hals. Wadenwickel gegen Fieber. Kümmel bei Magenschmerz und gegen Insektenstiche Zwiebeln. Bei Kopfschmerzen Espresso mit Zitrone. Lachen gegen Depressionen. Ha ha. Oder frische Luft.

P. hat gesagt, was alle sagen. Dass man Immunität entwickelt, indem es einem den Körper umpflügt. P. liebt meinen Körper. Vielleicht nicht genug. Sonst wäre P. jetzt hier. Der Körper funktioniert sogar noch, wenn du es nicht mehr tust. Er heilt, er lernt. Wird sich erinnern und dann das richtige tun. Ich erinnere mich, dass ich noch gelacht habe, als P. es *Durchseuchung* genannt hat.

Ein Tag wie der andere. Andere werden jetzt schwanger. Längst werden P.s Sprachnachrichten kürzer und Küsse manchmal zu Floskeln. Er ruft seltener an. Mühsam male ich mir unsere Zukunft aus. Wie wir einander von nun an in jedem Frühjahr zwischen Amseln und Tulpen an jetzt erinnern werden. Weißt du noch? Dieses Virus? Ha ha. Wie wir bei Bier und Erdnüssen versuchen werden, darüber zu schmunzeln. Quarantänen, Masken, Gerüchte, Theorien. Mit jedem Jahr wird es uns besser gelingen. Bis wir die Geschichte so umgeschrieben haben werden, dass sie uns gefällt. Immun gegen uns selbst.

Zum Rauchen nicht mehr auf den Balkon gehen. Zu wenig essen oder zu viel. Manchmal brillen- oder schlaflos. Schmutzige

Wäsche. Staubige Kunstblumen. Mürbes Hirn. Nichts mehr nachlesen wollen, nichts mehr lernen. Nicht mehr lachen wollen über Klopapier-Witze oder Opas Anrufe, in denen er mir seine Hausmittel aufzählt. Und sich darüber lustig macht, dass ich P. vermisse. *Kein Mann ist es wert, um ihn zu weinen*, hat er mir zu erklären versucht und dann, dass P. zu mir kommen wird, sobald ich aufhöre, mir genau das zu wünschen.

Hier nach trennt man sich oder bleibt für immer zusammen, hat eine Kollegin rumgeschickt. Ha ha. Bierfallen und Schnecken, Zahnschmerzen und Nelken. Backpulver gegen Ameisen. Zum Schlafen warme Milch. Aloe auf Wunden. Bei Warzen Knoblauch und auch gegen Blattläuse. Rote Bete bei Bluthochdruck. Oder zum Ostereierfärben.

Zu Weihnachten hat P. vom neuen Job erzählt. Aufstieg, Umzug, Fernbeziehung. Staunen, Schock, Streit. Taschentücher. Versöhnung. Verhandlung. Jedes Wochenende. Und Urlaube. Nur für ein paar Monate. *Nimm dir frei*, habe ich P. geschrieben, als es losging, als alles abgesagt wurde. Kein Büro, kein Fußball, keine Schule. Keine Arbeit. *Bitte komm nach Hause.* Ich bitte nicht oft, vielleicht nie. *Ich werde hier gebraucht*, hat er geantwortet.

Luftküsse auf Bildschirm. Zeitlich versetzt. Verpasst. Verdammt. Körper geschwollen, Körper geschrumpft. Schnecke, Ameise, Blattlaus.

Dies sind die Wochen der Zeit. Wenn alles wieder hektisch ist, werde ich mich nicht erinnern. *Hättest du mal. Warum hast du nicht.* So viel Zeit. Alle Anrufer gleich. *Spaziergänge! Gymnastik! Frische Luft!* Keinen einzigen meiner fast dreißig Geburtstage habe ich allein gefeiert.

P. wird nicht hier gewesen sein. Jede Stunde null. So schwer, bei mir zu sein. So schwer, ich zu sein. *Bitte* ist ein fieses Wort. Einmal benutzt schmeckt es nach Vorwurf, Egoismus und falsch. Im Aschenbecher auf dem Couchtisch glüht ein Zigarettenstummel nach. Ich sehe dem Tag beim Enden zu. Bis er mir zusieht. Im Dunkeln taste ich nach dem Telefon. Träger Bildschirm. Speicher voll. *Gute Nacht.*

Noch ohne Brille gucke ich zur Uhr. Zweistellig schon, so viel kann ich erkennen. Zurück im Nichts. Kein Traum. Mittagssonne. Klamotten, Flecken, Staub. Auf dem Balkon ist es kalt. Selbst die Wolken halten Abstand. Bald werden mir die Zigaretten ausgehen. P. raucht nicht. Als wir aus dem Weihnachtsurlaub zurückgekommen sind, haben wir am Flughafen zwei Stangen gekauft. Jetzt sind die Flugzeuge leer oder am Boden. Ich wühle meine Haare zurecht, als ich der Nachbarin zunicke, die schräg neben mir ihre Balkonpflanzen gießt.

P. macht Yoga und liest Bücher und hat Ideen. Ich habe ihn. Was machst du gerade, schreibt er. *Frühstücken*, tippe ich. Und schicke zur Sicherheit einen vor Lachen blaue Tränen weinenden gelben Kopf hinterher. Und du? Er isst Mittag. *Du fehlst mir*, schreibt er und ich muss daran denken, dass ich mir auch fehle. *Du mir auch.*

Am Nachmittag wische ich durch die Fotos anderer Leute. Mahlzeiten, Zimmerpflanzen, Sonnenschein. Irgendwann erkenne ich auf einem Bild mein Haus. Die Wohnung der balkongärtnernden Nachbarin. Die Gardinen des Hausmeisters. Und am Rand auch meine Fenster. Der Fotograf muss gegenüber wohnen.

Früher war ich stärker. Da bin ich früh aufgestanden und joggen gegangen. Habe viel gearbeitet und habe viel Geld verdient. War nie allein. Habe über Opas Hausmittelanrufe gelacht.

Das ganze Profil ist voller Urlaubsfotos. Karibik, Amerika, Asien. Flugzeuge, Mahlzeiten, Cocktails. Dazwischen Fotos aus unserem Viertel. So viel Farbe, so viel Glück. Ich schreibe, lösche, schreibe, sende. Trockenes Gesicht in Balkonsonne. Und schon hat er geantwortet. Schon sehe ich ihn am Fenster gegenüber grinsen. Schon winken wir uns zu. *Merkwürdige Zeiten*, nennt er das alles und sich selbst X. Erst fühle ich mich alt. Dann jung. Es ist immer noch die Woche vor meinem Geburtstag.

Als ich sehe, dass P. mir geschrieben hat, antworte ich nicht gleich. Er sagt oft, dass er mich liebt. Mit mir alt werden will. Es ist Wochen her, dass ich vom Rauschen der Dusche aufgewacht bin, unter der er steht. Nackt und immer so viel wacher als ich.

Ich fühle mich fremd in sauberer Hose und richtigem Pullover. Aber als Opa anruft, stelle ich mich ans Fenster, so dass X. mich dort fotografieren kann. Bleib gesund, Opa.

Vielleicht haben X. und ich das gleiche Virus. Ha ha. Neugier ist ein Gefühl, das ich fast schon nicht mehr erkenne. Er ist sogar Doktor. Wirtschaftswissenschaft. Geschieden, ein Kind. Du Spießer, schreibe ich, er schickt das Lachen mit den blauen Tränen und ich erzähle so wenig wie möglich von mir.

Rote Kerzen und Rosenöl für die wahre Liebe. Seife lässt Kunstblumen glänzen. Essigwasser gegen Zigarettenqualm. Kontaktbeschränkungen gegen Pandemien. Eine Dusche für mich. Dein Körper funktioniert sogar noch, wenn du es nicht mehr tust.

Er heilt nicht nur, er lernt, erinnert sich. Natürlich nur, wenn das Virus dich nicht umgebracht hat.

Als sie einander zum ersten Mal auffielen, trug noch niemand Schutzmasken. Das Gelände durfte man nur noch ausnahmsweise verlassen. Besuche waren schon verboten. Wie alle Veranstaltungen und gemeinsamen Mahlzeiten. Wer Husten oder Fieber hatte, durfte nicht mehr aus seinem Zimmer. Rosa und Karl verließen ihre so oft es ging.

Wären ihre Zimmer auf der gleichen Etage des Seniorenheims gelegen, wären sie sich vielleicht schon eher aufgefallen. Als sie ihm zum ersten Mal auf dem Flur entgegen spaziert kam, nickte er ihr zu. Beim zweiten Mal lächelten beide. Beim dritten Mal sprach sie ihn an: „Seit wir nicht mehr rausgehen dürfen, wandere ich jeden Tag durch das Haus. Jeden einzelnen Flur lang, auf wirklich jeder Etage. Gleich nach dem Frühstück. Und vor dem Abendbrot noch einmal."

Karl staunte, stellte sich ihr vor und fragte, ob er sie ein Stück begleiten dürfe. „Ich gehe schnell.", warnte sie und er: „Bestimmt dürfen wir bald alle nicht mehr aus unseren Zimmern."

Tatsächlich hatte er Mühe, nicht den Anschluss zu verlieren. Um nicht immer wieder jemandem im Weg zu sein, mussten sie hintereinander gehen. Zur Unterstützung jeden Schrittes benutzte sie zwei blau glitzernde Stöcke und korrigierte ihn, als er diese „Skistöcke" nannte. In den Treppenhäusern legten sie kurze Pausen ein, während der er nach ihrem Wunsch nach Unsterblichkeit fragte und sie nach seinem Glauben an ein Leben nach dem Tod.

Sie hatten die Schule im gleichen Jahr beendet. Wer in diesem Sommer mit der Schule fertig sein würde, konnte zu dieser Zeit noch nicht sicher sein, wann genau das sein würde und wie. Rosas Urenkelin war gerade erst eingeschult worden.

Nach diesem Spaziergang kannten sie ihre Namen, ihre Geburtsjahre, ihre Berufe, die Zahl der Kinder und Enkelkinder. Aber noch wenig voneinander. Karl schlug vor, sich am nächsten Morgen gemeinsam auf den Weg zu machen und Rosa willigte ein.

Am nächsten Vormittag trug das Pflegepersonal selbstgebastelte Masken vor Mund und Nase, so dass man sie nicht mehr auseinanderhalten konnte. Wie verabredet stand Karl am Riesengummibaum im Erdgeschoss als Rosa aus dem Fahrstuhl stieg. Gefolgt von einer hustenden Frau.

Rosa und Karl nannten sich beim Vornamen. Sie wussten bereits voneinander, dass sie im selben Krankenhaus geboren waren, kaum 20 Kilometer von hier entfernt. Darüber hatten sie schmunzeln gemusst. Genau da, wo Karl nach Knochenbrüchen, Nierensteinen und seinem Herzinfarkt operiert worden war. Genau da, wo Rosa bald eine neue Hüfte bekommen sollte.

Einander noch am Gummibaum stehend den Schlaf der letzten Nacht beschreibend, sahen sie einen Mann ins Haus kommen. Anzug, Handy, federnder Gang. Er hatte die Tür zum Innenhof offenstehen lassen, auf dem sich ein paar der anderen Bewohner die Beine vertraten. Über die alle paar Meter stehenden Bänke waren rotweiße Bänder gespannt, damit sich niemand darauf setzen konnte. Daneben und damit genau da, wo man sonst das Fahrzeug stehen sieht, das die Wäsche holt und bringt, hatte der Mann mit dem Anzug sein Auto abgestellt. „Karl!", flüsterte Rosa. „Der Schlüssel steckt!"

„Welcher Schlüssel?", fragte er, doch da war sie schon in Richtung Hof gestartet. Unschlüssig sah er sich in der Lobby um. Was sonst konnte er tun als ihr zu folgen? Draußen war es wärmer als er befürchtet hatte. Niemand beachtete ihn oder das Auto. Auf dessen Fahrersitz er tatsächlich Rosa sitzen sah. Ihr Mund bewegte sich, aber er konnte sie nicht verstehen. Also öffnete er die Beifahrertür. „Los!", drängte sie. „Steig ein! Wir fahren ans Wasser!"

Obwohl das Meer nicht weit weg war, sahen sie es nun höchstens noch zwei oder drei Mal im Jahr. Ihr ganzes Leben hatten sie in kleiner Radtourentfernung davon verbracht. So viele Sommer, so viel Glück.

Sobald Karl eingestiegen war, schaltete Rosa und fuhr an. Gefühlvoll ließ sie das fremde Auto aus der Nebenstraße rollen. Erst an der Ampel schnallte auch Karl sich an und merkte, dass sein Gesicht lächelte. „Weißt du wo lang?", kicherte sie und er lachte.

Als sie jung waren, hatte man das Jahr 2000 für den Beginn der Zukunft gehalten. Nun ist es also 2020. Und auch das erleben sie noch. Selbst wenn das, was nun begann, ein bisschen wie das Gegenteil von fliegenden Autos und Weltallreisen werden könnte. Nicht einmal der Weg zur Unsterblichkeit war schon gefunden.

Fast wunderten sie sich, dass nichts schief ging. Dass niemand sie zu hindern, zu verfolgen versuchte. Grüne Ampeln, Sonnenschein. Und dann am Strand nur freie Parkplätze. Sie stiegen aus und streckten sich. Schon auf dem Parkplatz roch das Wasser wie früher. Rosa bedauerte, so überstürzt losgefahren zu sein, dass sie nun keine Mäntel dabeihatten. Aber die Sonne schien und ein paar Schritte am Strand würden sie schaffen, ohne gleich erfrieren zu müssen. Rosa schloss das Auto ab und steckte ihre Hände durch die Schlaufen ihrer Stöcke.

Im Strandsand kamen sie nur schwer voran, aber auf der Promenade ging es sich wie von selbst. Der Wind reichte aus, um die Wellen schaumig werden zu lassen. Dem Meer war alles gleichgültig. Es war so kräftig wie immer. Genauso ewig, genauso roh. Als ihnen ein Mann mit Hund entgegenkam, erwiderten sie seinen Gruß. Karl erfuhr, dass Rosa ihr ganzes Leben lang Hunde gehabt hatte. Meist sogar mehrere auf einmal. Er staunte, wie genau sie sich an jeden einzelnen davon erinnern konnte.

Bis dahin war nichts schief gegangen, aber als sie zurück zum Parkplatz kamen, fanden sie das Auto nicht mehr. Beide waren sicher, es genau vor der Plakatwand, die für Osterangebote eines Reisebüros warb, abgestellt zu haben. Aber kein Auto weit und breit. Auch Menschen waren nicht zu sehen. Nun froren sie doch ein bisschen.

Kein Geld, kein Mantel, kein Auto. Immer wieder sahen sie sich um. Aber nichts außer verlassene Ferienhäuser mit Garten, Carport und abgedeckten Gartenmöbeln und der einsetzenden Dämmerung. „Ich werd da drüben mal klopfen.", erklärte Karl und ging in Richtung der Häuser. Rosa folgte. Bei der fünften Haustür war es endgültig klar. Niemand würde öffnen, denn niemand durfte hier sein. „Wie gehen diese Türen auf?", fragte Rosa sich und Karl. Genau sah sie nicht, wie er es machte, aber schon bald hielt er ihr die Haustür auf, an der sie gerade noch vergeblich geklingelt hatten.

Im Haus roch es nach Holzmöbeln und Feuchtigkeit. Rosa fand die Küche. „Keine Vorräte, nichts.", stellte sie fest und ging wieder zur Tür hinaus. „Kommst du?"

Also benutzte er sein Werkzeug an der nächsten Haustür noch einmal. Hinter der dritten Tür gab es ein ganzes Regal voller Dosensuppen. Wasser, Strom und an der Wand ein Bild vom Strand, an dem sie eben noch über ihre Reisen gesprochen hatten. Wo überall sie gewesen waren. Kontinente, Kulturen, Strände. „Kaffee?", fragte er zufrieden und sie nickte. Von ihrer Erkundung durch das Haus kehrte sie mit der Information zurück, kein Telefon gefunden zu haben. Die Karl mit der Bemerkung bedachte, dass er sowieso nirgends anrufen wollte. Milch für den Kaffee gab es nicht, aber eine bereits geöffnete Packung mit Pralinen. „Mmmmh.", sagte sie und er: „Es sind belgische." Ein bisschen erschöpft fühlten sie sich, als sie dann nebeneinander auf der Couch saßen. „Ich trinke ihn schon mein ganzes Leben lang schwarz.", bedankte sich Rosa für den heißen Kaffeepott, schwärmte von den Pralinen und zeigte ihm ihr strahlendes Lächeln.

Ob er öfter irgendwo einbräche, wollte sie wissen und lachte laut und er dann auch. Später schlug er vor, kein Licht einzuschalten, auch wenn es bald noch dunkler werden würde. Sie fanden einen Topf, in dem sie zwei Dosen Erbseneintopf erwärmten. Hinter der nächsten Schranktür waren die Teller, in der Schublade Löffel und über dem Herd ein Pfefferstreuer. „Ich habe schon ewig keinen Erbseneintopf mehr gegessen!", freute Karl sich und wusste, dass Rosa wusste, wie geflunkert das war. Im dann dunk-

len Haus tasteten sie sich zusammen die Treppen zu den Schlaf-
zimmern hinauf. Er fragte leise, in welchem der Betten sie schlafen wollte und hörte sie noch leiser antworten: „In dem neben deinem."

Nebeneinander liegend klopften ihre Herzen. Rosa erzählte
von ihrem Mann, der Lehrer gewesen und schon lange tot war.
Karl davon, dass seine Frau ihn am Ende nicht mehr erkannt
hatte. Sie lauschten dem Wind und meinten sogar die Wellen hören zu können.

Am nächsten Morgen zwitscherten die Vögel ihn wach. Wieder kochte er Kaffee. Dazu öffnete er eine Dose *Hühnernudeltopf*.
Als sie die Treppe herunterkam, lächelte sie ihn an und er wusste
nicht, was er sagen sollte.

In all dem Sonnenlicht konnten sie das Haus noch einmal neu
entdecken. Hier würde man eine Weile überleben können. In den
Schränken fanden sie Brotbackmischungen, Brettspiele und sogar
gefütterte Mäntel. Beim Strandspaziergang war die Sonne so hell,
dass es fast blendete. Sie sprachen über die Wahrscheinlichkeit,
sich auch früher schon über den Weg gelaufen zu sein. An der
Hand der Großeltern, als Jugendliche, als Eltern, um die Jahrtau-
sendwende. Auf Gehwegen, Wochenmärkten, im Bus.

Zusammen staunten sie. Ein paar Schafe, die sich auch heute
wie Schafe benahmen. Die im Wind knitternde, an den Rändern
eingerissene Fahne. Sich zankende Möwen. Der klare Blick, kilo-
meterweit übers von allem und jedem ungerührte Wasser.

Dann begann Rosas Hüfte zu schmerzen. Ihre Mutter hatte im
spanischen Bürgerkrieg gekämpft und war älter geworden als

Rosa jetzt war. Karls Vater war in der Ardennenoffensive gefallen. Zusammen schwiegen sie ein bisschen. Möwen und Muscheln. Sonne und Wind. Als er ihr wieder die Tür aufhielt, war es wie nach Hause kommen.

Der Tag verging mit ein paar Runden Halma und Tiersendungen auf dem viel zu großen Fernseher im Wohnzimmer. Waldpilzsuppe, Salzstangen, Pralinen. Als es dunkel wurde, gingen sie ins Bett und schliefen sofort ein.

Schon beim Aufwachen konnte Rosa das Brot riechen. Als sie zu Karl hinunter ging, sah sie die Sonne direkt hinter seinem Kopf stehen. Schwarzer Kaffee und frisches Brot und Rosa erzählte von ihren Kindern. Seine riefen ihn fast nie an, seufzte er und wie sehr er hoffte, dass seine Enkel freier erzogen werden, liebevoller. Mit seiner Rechten griff er nach seinem Kaffeepott, auf der Linken spürte er Rosas Hand.

Als es an der Tür klingelte, verstummten sie. Er biss sich auf die Unterlippe und sie versuchte, ihn aufmunternd anzusehen. Beide blieben sitzen. Natürlich kamen die Männer trotzdem ins Haus. Niemand stellte Fragen, niemand dachte daran, Rosas Stöcke mitzunehmen. Auf der Rückbank eines großen Autos schwiegen Rosa und Karl. Sie schwiegen für eine lange Zeit und hielten sich an den Händen. Zurück im Seniorenheim erfuhren sie, nun für mindestens zwei Wochen ihre Zimmer nicht verlassen zu dürfen. Beim Einschlafen mussten beide an die blauen Stöcke denken, die nun noch lange und unbenutzt in diesem Haus herumstehen würden. Und keine Skistöcke waren.

Die Sonne würde auch ohne sie weiter auf die schaumigen Wellen scheinen. Weder sie noch er sahen Sinn darin, unsterblich sein zu wollen oder an ein Leben nach dem Tod zu glauben. Man brachte Karl eine Maske, die Rosa ihm genäht hatte und ihr eine Packung belgischer Pralinen. „Ich bin traurig, dass sie euch gefunden haben.", sagte ihre Urenkelin am Telefon und konnte Rosas Nicken nur ahnen, aber weder sehen noch hören.

Wie geht's?

Mag sein, dass heute alles ist wie gestern. Guten Morgen. Wie geht's? Dünne Sätze über pampigem Müsli. Wie geht's in einem Haus mit 4 Zimmern? Ohne Hund. Mit Schwester. Die elfeinhalb ist und Ali jetzt schon ähnlich sieht. Sich aber nur für Computer interessiert. Ali interessiert sich für mehr. Und wie lange hat sie sich einen Hund gewünscht? Die Töchter gähnen. Deren Mutter blättert die Zeitung um. Und sieht die beiden in ihren Zimmern verschwinden.

Ali ist 16 und hat gerade keinen Vater. Sie hat eine Freundin und seit ein paar Stunden weiß auch ihre Mutter davon. Und nun dürfte Marie sogar hier schlafen.

Wie geht's mit einem Mädchen, wie geht's mit einer Frau? Sie muss sich Maries Augen vorstellen, die sie so gut kennt und in die sie so gern sieht. Wenn sie nicht hier eingeschlossen wäre. Natürlich hat Marie ein Foto gekriegt von dem Schreiben über dem „Anordnung der Absonderung in häuslicher Quarantäne" steht. Tröpfelnde Zeit. Vielleicht würde ein Hund nur ein bisschen an all dem ändern. Inzwischen sind Ferien. Sie schreibt Marie und Marie schreibt ihr.

Wenn Ali die Haare geschnitten bekommt. Von ihrer absichtlich gut gelaunten Mutter. Wenn sie in den Spiegel sieht. Und schon wieder an Marie denkt. Sie denkt fast immer an Marie. Dann macht sie Musik an, holt Cola und setzt sich auf den Teil des Teppichs, den die Sonne bescheint. Nein, sie würde nicht mal nachdenken müssen, wenn jemand sie nach Marie fragen würde. Wenn Ali die Augen schließt, erzählt sie ihr von ihrem Morgen.

Und wie sehr ihre Mutter nervt. Die immer diesen schlechten Radiosender hört. Auf dem beim Haareschneiden trotzdem Maries Lieblingsband lief. Ali denkt, dass sie davon gleichzeitig enttäuscht und begeistert ist. Manchmal weiß man es nicht genau, würde auch Marie finden. Jedenfalls hab ich mitgesummt, würde Ali kichern. Und Marie würde mitkichern.

Alis Vater kriegt kaum Luft. Er ist im Krankenhaus. Niemand darf ihn besuchen. Niemand darf vor die Haustür. Jeden Tag sterben jetzt Menschen daran. Marie ist sicher, dass Alis Vater wieder gesund wird,

Alle in dieser Familie sind nun ein Problem. *Absonderung.* Auch ohne Test. Ihre Mutter klopft, kommt ins Zimmer und bringt ihr die Wäsche. Natürlich ist Alis Mutter zu cool, um wegen Marie enttäuscht zu sein oder wütend. Oder Fragen zu stellen. Ihre Mutter tut, als wäre es ganz normal.

Und statt mit dem Kopf zu schütteln, zuckt sie nun mit den Schultern, wenn Ali nach einem Hund fragt. Dauernd fragt sie, wie es ihr geht. Auch jetzt. Dann will sie wissen, was Ali sich zum Abendbrot wünscht. Keine Ahnung, sagt Ali und rollt die Augen. Glaubt ihre Mutter wirklich, dass es niemand mitkriegt, wenn sie jetzt schon mittags Wein trinkt?

Seit Alis Vater sterben könnte redet ihre Schwester kaum noch mit ihr und ihre Mutter andauernd. Erst war es nur ein Husten. Wenn Ali mal krank war, hat ihre Mutter ihr Milchreis gekocht. Aber sie war schon so lange nicht krank, dass sie sich kaum noch daran erinnern kann.

Nur bei Marie würde sich alles genau richtig anfühlen. Wenn sie sich sehen dürften, würde Marie Hand in Hand mit Ali herumlaufen. Ali weiß, wie es sich anfühlt, wenn sie sich in die Arme nehmen. Wenn sie tief einatmen und sich ganz fest halten. Sie sind sicher. Es ist für immer. Als sie sich noch sehen durften, haben sie manchmal füreinander gekocht. Sie sind jetzt beide Vegetarierinnen. Marie weiß immer, wie es Ali geht.

Ali findet nicht, dass sie ihrem Vater ähnlichsieht. Schon vor Tagen hat sie ihm ein Foto geschickt. Ihr Lieblingsfoto von sich und Marie. Aber sie befürchtet, dass er sein Handy im Krankenhaus ausgeschaltet haben muss. Wahrscheinlich hat er das Bild überhaupt noch nicht gesehen.

Marie kennt ihren Vater kaum. Und lacht darüber. Wären sie jetzt zusammen, müsste Ali vor Glück die Augen schließen. Manchmal haben sie einfach nur so dagelegen. Und sich gefragt, an was sie gerade denken. Beim letzten Mal haben sie sich Wodka-Lemon gemixt. Aber jetzt darf Ali nicht mehr vor die Tür. Als sie sich verabschieden mussten, war es am schlimmsten.

Ali hört die Schritte ihrer Schwester im Flur. Die jetzt alles schneller kann als sie – essen, laufen, rechnen, sprechen und denken. Sogar schlafen. Ali weiß, dass auch ihre Schwester sich mal in jemanden verlieben wird, aber es fällt ihr schwer, sich das vorstellen zu können.

Im Flur hängt der Familienkalender. Vier Spalten, so viele Eintragungen. Und keine davon ist jetzt noch ein Termin. Ali schreibt ihrer Mutter einen Drei-Worte-Zettel und geht lautlos aus dem Haus.

Marie öffnet die Tür und sieht toll aus. Barfuß, Jeans und eins von Alis T-Shirts. Ob sie sich rausgeschlichen hat, flüstert sie überrascht, streicht über Alis kurze Haare, schließt die Augen und küsst sie. Noch im Flur fragt sie nach Alis Vater. Statt einer Antwort taucht Ali sich unter Maries T-Shirt. Die sich sanft frei schiebt, Alis Hand nimmt und sie in ihr Zimmer zieht.

Das ist Felix, erklärt sie, wir haben zusammen gekocht.

Was passiert mit Alis Laune? Sie lässt sich auf die Couch fallen und greift nach einer von Maries Zigaretten. Ihr Vater raucht auch. Ist es das, was ihn auf die Intensivstation gebracht hat? Obwohl sie sagen, dass es nur alte Leute umhaut. Wie geht's, fragt Felix und rückt ein Stück von ihr weg. Ali muss sich fragen, was dieser Felix über sie weiß. Quatsch, lacht Marie, als er sagt, dass er lieber gehen will. Wir haben Zitronenhähnchen gemacht, erklärt sie Ali, es ist noch was übrig, hast du Hunger? Wollen wir einen Film gucken?

Felix malt in Maries Comic herum. Marie fragt noch mal wegen des Essens und macht erst mal Musik an. Es ist nicht mal vegetarisch, denkt Ali und vor dem Fenster glimmt die Sonne.

Felix fragt nach ihrem Vater und Ali zuckt die Schultern. Was denn nun, schnauft Marie, was wollen wir machen? Felix schlägt irgendein Computerspiel vor, dessen Namen Ali schon mal gehört hat. Okay, findet Marie. Ali zuckt mit den Schultern und weiß nicht, warum sie dann fragt, ob Wodka-Lemon da ist. Wenn Marie gefragt hätte, an was sie gerade denkt, wären Ali die Tränen gekommen. Wäre Felix nicht da, würde sie Marie vorschlagen Milchreis zu kochen. Ständig rühren, denkt sie noch, sonst brennt alles an. Das zuckrig-warme Gefühl im Mund erfriert, als sie begreift, was Marie gerade gesagt hat. DU BIST SCHON GENAU WIE DEINE MUTTER!

Ein Knurren im Bauch. Ein leerer Kopf. Finger krallen sich zu Fäusten. Marie guckt aus dem Fenster, Ali kriegt keine Luft. Bestimmt ist schon eine halbe Minute vergangen, als sie endlich aufsteht, nach ihrer Jacke greift und mit der Tür knallt.

Ali läuft und läuft. Aber sie weiß nicht, ob ihr Atem bis nach Hause reichen wird. Ihr Herz rast. Ihr Telefon klingelt.

Wie geht's in einem Haus mit 4 Zimmern? Ohne Hund. Sieht das Haus anders aus als vor einer Stunde? Anders als vor ein paar Wochen? Im Fenster ihrer Schwester brennt die Schreibtischlampe.

Neun verpasste Anrufe. Alis Mutter sitzt in der Küche. Und ruft, dass sie Kakao gekocht und sich Sorgen gemacht hat. Na gut. Ali setzt sich zu ihr und pustet in die dampfende Tasse und verbrennt sich die Zunge daran und fragt dann doch, warum sie nicht angemeckert wird und hört ein bisschen zu. Ali sieht, dass Marie schon wieder anzurufen versucht.

Als sie wieder sprechen kann, fragt sie nach Milchreis. Ali sieht ihre Mutter lächeln, aufstehen und einen Topf nehmen. Sie hört ihre Mutter von den Ärztinnen erzählen. Aus Alis geschlossenen Augen tropfen Tränen. Sie findet ein Haar auf ihrem Pullover. So blond und so lang wie nur die von Marie.

Als der Milchreis blubbert, lässt Ali das Weinen sein und deckt den Tisch. Von dem süßen Duft muss sie gähnen. Jetzt einschlafen wollen und sehr lange nicht wieder aufwachen. Jetzt so viel

Milchreis essen, wie man will. Mag sein, dass es irgendwann klingelt, mag sein, dass niemand genau weiß, wie's geht.

Abstand

Natürlich kann auch Benny nicht sicher sagen, woher dieses Virus genau kommt, aber er hat eine Theorie. Und ist vorbereitet. Er sieht sich den grauen Lappen in den Wischeimer tauchen und auswringen. Dieser Job ist der Preis für's Überleben. Dafür kennt er jeden Winkel dieses Hauses, dafür kriegt er hier alles mit und dafür hat er den Hausmeisterkeller bekommen, der der größte ist und jetzt von innen komplett verkleidet. Niemand weiß von den Stapeln darin, denn wenn es soweit ist, wird Benny die Konserven, Filter und Tabletten mit niemandem teilen können. Vielleicht wird er die Armbrust benutzen müssen. Er hasst sowieso alle Menschen. Obwohl sie immer nett zu ihm war, hasst er sogar die Frau aus dem Dachgeschoss, die er gerade den Fahrstuhl verlassen sieht. Auch heute zieht sich ihr Gesicht in ein Lächeln und sie ruft Benny „Guten Morgen" zu. Doch das Treppenhaus staffiert alles mit bedenklichem Echo aus.

Als Isabella vor die Haustür tritt, ist ihr, als würde sie ersticken müssen. Als wäre die Luft jenseits ihres Hauses für sie so fremd, dass sie nicht mehr zu atmen ist, nicht mehr zu verwerten. Als wäre diese Luft ein Ozean voll dunkler Tiefe, in der man unbekannte Tiere weiß und Pflanzen und jahrtausendealte Geschichte und so viel Undenkbares.

Es hilft ihr, an den Hausmeister zu denken, dem sie eben begegnet ist. Sich dessen Anblick zurückzurufen. Die Jeans mit dem riesigen Schlüsselbund an der Gürtelschnalle. Das schwarze T-Shirt mit dem reichlich verblichenen Aufdruck südlicher Palmen. Und der rote Eimer voller Wasser, mit dem er das Treppenhaus wischt. Und gegen die Panik könnte ihr noch mehr helfen, jetzt einen ihrer Pfefferminzbonbons zu lutschen oder in ihrem Kopf *I will survive* zu singen und ihre Schritte nur noch im Takt dieses Liedes zu setzen. Aber selbst wenn es funktionieren würde, ihre Lungenflügel ein bisschen zu weiten, zu lockern, würde sie sich damit auch nur betrügen. Also entscheidet sie sich für kräftiges Husten und nimmt den bösen Blick in Kauf, den sie daraufhin von dem Polizisten auf der anderen Straßenseite bekommt. Sie kriegt wieder Luft, die nach gar nichts riecht.

Beim Frühstück war Isabella aufgefallen, dass ihr Mann genauso zufrieden mit sich und der Welt aussah wie immer. Dabei kann sie nicht mal ausschließen, dass genau das ihr Grund dafür gewesen war, ihn zu heiraten. Jetzt hasst sie es und spürt genau, wie lange es her ist. Er stolziert durch das Haus, die Straße und die Welt, als hätte er das alles erschaffen. Als würde seine Frau ihm gehören und alle anderen auch. Nur als er letztes Jahr um diese Zeit mit gebrochenen Rippen aus dem traditionellen Skiurlaub mit seinen Brüdern zurückgekommen war, hatte er anders ausgesehen. Leider war alle Hoffnung vergeblich und er ist vor zwei Wochen schmerzfrei von dort zurückgekehrt. Isabella ist sicher, dass ihr Mann sich noch kein einziges Mal gefragt hat, was die Psychotherapeutin seiner Tochter von ihm hält.

„Deinem Vater geht es gut.", erklärt sie dann Paulas ungeschminktem Gesicht. Die Einkaufstüten stehen noch immer neben der Küchentür, nur die Tiefkühlsachen hat Isabella schon in Paulas Kühlschrank geräumt. Der Labrador steckt seine Schnauze in die Tüten und bringt Isabella zum Schmunzeln. Dann rühren beide in ihren Kaffeetassen und schweigen ein bisschen. Seit Wochen ist es Paulas Mitbewohner, der mit dem Hund Gassi gehen muss.

Der jetzt auch viel zu Hause ist. Dessen Café für genau eine Woche geöffnet war. All die Monate der Vorbereitung, all die Kosten, all der Traum. An den ersten Abenden haben Paula und er noch zusammen Serien geguckt oder Monopoly gespielt. Wenn sie jetzt an seiner Zimmertür horcht, klingt es, als wäre er nicht zu Hause.

„Mal gucken, ob wir diesen Sommer überhaupt an die Küste können." Isabella hat das Haus mit den blauen Fensterläden vor Augen und dessen tröstenden Garten und Bilder davon, wie ausgelassen der Hund über den Strand getobt ist. Dessen Fell sie jetzt streichelt, während Paula ein Gähnen unterdrückt und nickt. Sie überlegt, wie viel sie für den Stuhl verlangen kann, in dem ihre Mutter sich gerade zurücklehnt. Die neuen sind bestellt, aber dessen Lieferzeiten sind genauso unklar wie die der Saftpresse, der beiden Pullover und des Solarlampen-Sets. Aber ist es nicht nachhaltig, wenn sie dafür ein paar alte Sachen verkauft statt sie wegzuschmeißen? Sie wird all diese neuen Produkte auf ihrem Account posten, auch wenn ihre Therapeutin meint, sie solle sich fragen, was all diese Bilder wirklich zu bedeuten haben.

Als es klingelt, ziehen beide ihre Blusen glatt und gehen hinter dem Hund zur Tür. Dass es die Saftpresse ist, erkennt Paula an der Form der Verpackung und schickt den bellenden Hund in die Küche. „Hallo.", sagt sie zu dem Paketboten, dessen Schüchternheit sie an den Mann denken lässt, der sie letztes Jahr verlassen hat.

Den sie an die Mädchen erinnert, mit denen seine Kumpels vor und nach dem Fußballtraining herumknutschen. Herumgeknutscht haben. Niemand weiß jetzt, wann sie wieder spielen dürfen. Nicht mal der Tabellenplatz scheint jetzt noch wichtig, um den sich bis vor ein paar Wochen jedes Wort des Trainers gedreht hat. Das einzige Mädchen, das Yusuf mal geküsst hat, ist danach von hier weggezogen. Er hat nicht mal ihre Nummer. Das Mädchen, vor dem er jetzt steht und das laut der Paketbeschriftung *Paula* heißt, macht Yusuf fast so viel Angst wie ihr noch immer bellender Hund. Vielleicht ist sie aber auch schon eher eine Frau. Er nimmt sich vor, seinen Trainer nach dem Unterschied zu fragen. Der erst lachen und Yusuf dann doch alles genau erklären würde. Als er die Treppen schon wieder herunterrennt, ruft sie ihm ein „Danke!" hinterher und er spürt sich lächeln.

Zurück im Auto greift er nach den Paketen für die nächste Haustür. Es ist Yusufs erstes Mal auf dieser Route, vielleicht kann er morgen schon schneller sein. Er kann schnell rechnen, aber wer sollte ihn nach der n-ten Wurzel aus irgendwas fragen oder dem Volumen einer Pyramide? Vier Pakete auf einmal trägt er aus dem Auto, die nicht schwer sind, aber unhandlich. So viel mehr Leute als sonst sind jetzt den ganzen Tag zu Hause und er kann fast alles direkt zustellen. Trotz des Paketstapels in seinen Armen schafft Yusuf es, auf einen der Klingelknöpfe zu drücken. Ein Windzug greift ihm in die Haare, die zu lang sind und ein bisschen verschwitzt. Der Türöffner surrt und im Treppenhaus muss Yusuf schon wieder einen Hund bellen hören.

Zwei Dinge verrät der Blick des Mannes, der im Türrahmen des dritten Stocks auf ihn wartet: dass Yusuf ihm zu langsam ist und dass ihn das Hundegebell aus einem der anderen Stockwerke so sehr ärgert, dass er schon bald etwas dagegen unternehmen wird. Yusuf kann nicht wissen, dass dieser Mann ein frisch pensionierter Lehrer ist, aber davon zu hören, würde ihn nicht überraschen. Aber dann müsste er sich noch mehr als sonst dafür schämen, die Schule abgebrochen zu haben. „Haben sie auch einen Hund?", will der Mann von Yusuf wissen. „Oh nein, ich habe viel Angst vor Hunden!" Für einen Moment lachen sie zusammen und der Mann nickt. Nur zwei der Pakete sind für ihn, aber Andreas stimmt zu, für eine seiner Nachbarinnen auch die anderen beiden entgegen zu nehmen.

In seinem ersten Karton sind die neuen Laufschuhe. Als er sie bestellt hatte, war noch nicht zu ahnen, dass alles abgesagt wird. Der Plan war, die Schuhe schon ein paar Wochen vorher einlaufen zu können. Um dann darin seine Marathonbestzeit zu verbessern. Am Wochenende vor seinem Sechzigsten und dem Dreißigsten seiner Tochter. Beide haben Trainingspläne, die den Ablauf jedes einzelnen der 365 Abende vor dem großen Tag skizzieren. Intervalle, Ernährung, Distanzen und Puls. Seit einer Woche sieht Andreas keinen Sinn mehr in diesem Programm. Und wagt nicht, seine Tochter danach zu fragen, ob sie sich noch weiter daran hält.

Er packt die Schuhe aus und dreht sie in seinen Händen. Normalerweise würde sein Puls jetzt gestiegen sein vor Vorfreude auf den ersten kleinen Lauf darin und den einen großen. Er lässt die Schuhe wieder in den Karton fallen und öffnet das zweite Paket. Dabei fällt ihm auf, dass der Hund verstummt ist. „Geh doch ein bisschen laufen.", schlägt seine Frau oft vor, wenn er über das stundenlange Bellen schimpft, und erinnert ihn daran, dass Sport nicht zu den Dingen zählt, die jetzt verboten sind. Es ist nicht leicht für Andreas, das gut Gemeinte in diesen Bemerkungen zu finden und sich davon nicht bevormundet zu fühlen. Sie hat recht, er ist ein undankbarer Idiot. Er hat sie überredet, ihm die Haare zu schneiden, und beim anschließenden Blick in den Spiegel das Gesicht verzogen.

Zwischen viel zu viel Verpackungsmaterial findet er ein paar Tulpenzwiebeln. Es ist Wochen her, dass er die bestellt hat. Jetzt trägt er sie auf den Balkon, zu den leeren Töpfen und dem Sack Gartenerde. Bestimmt wird seine Frau sich in ein paar Tagen über die Tulpen freuen. Jeden Tag sitzt sie jetzt allein unten in ihrer Praxis und therapiert ihre Klienten per Videotelefonie. Am Abend zeigt sie ihm manchmal Ausschnitte der Gespräche, und nennt sich selbst dafür *unprofessionell*. Als die Tulpen eingesetzt sind, steht Andreas für einen Moment zufrieden da und sieht sich um. Wobei er auf einem der Balkone des Nachbarhauses einen Jungen entdeckt. Obwohl er wirkt, als würde er frieren, geht er nicht zurück in die Wohnung. Andreas wartet bis sich ihre Blicke begegnen, dann nickt er ihm zu. „Alles klar?", ruft er und hebt ein bisschen unbeholfen die Hand, denn der Junge sieht bedrückt aus und sehr allein.

Mehr als ein Schulterzucken will Luis nicht gelingen und dann muss er dem Blick des Mannes schnell ausweichen, um die Tränen zurückhalten zu können. „Hallo?", hört er ihn rufen und erst da kommt ihm der Gedanke, dass dieser Mann ihm vielleicht wirklich helfen könnte. Auf die Frage, ob es ihm gut gehe, schüttelt Luis den Kopf und beginnt zu weinen.

Andreas runzelt die Stirn und holt tief Luft. Was würde seine Frau jetzt tun? Es ist unwahrscheinlich, dass dieser Junge seine Probleme über den Hinterhof schreien möchte. Aber ist da in der Hand des Jungen ein Handy zu sehen? Er nimmt die Pappe des Tulpenzwiebel-Kartons und greift nach dem Kugelschreiber in seiner Hemdtasche.

Luis sieht den Mann mit einer Hand ein Stück Pappe hochhalten und mit der anderen sein Telefon. „Wenn du willst, schreib mir was!", formen seine Lippen dazu, als hätte er bereits verstanden, dass Menschen hinter der Balkontür stehen, die dies besser nicht mitbekommen sollten. Mit dem Ärmel wischt Luis sich über die Nase und tippt dann die Zahlen in sein Telefon ab. *Hallo, ich bin Luis*, schreibt er, erfährt, dass er es mit Andreas zu tun hat und verrät, was seine Gastfamilie mit ihm macht. Schon eine Stunde später stellt eine Polizistin ihm dazu Fragen. Seine Gasteltern weinen und nicken, als ihr Kollege sie um ein Gespräch bittet.

Dem es noch zu glauben schwer fällt, dass sie diesen Jungen eingesperrt haben. Aber sie bestätigen, ihn seit 10 Tagen höchstens für ein paar Balkonminuten aus seinem Zimmer gelassen zu haben. Weil Luis erwähnt hatte, einem anderen hier lebenden Spanier Lebensmittel vor die Tür gestellt zu haben. Der wegen eines positiven Tests nicht nach draußen durfte. Seitdem musste Luis seiner Gastmutter eine Nachricht schreiben, wenn er auf die Toilette musste, damit die Familie sich in der Küche verkriechen und der Vater anschließend das Badezimmer desinfizieren konnte. Der Polizist hat selbst einen Sohn. Der zwölf ist und gerade allein zu Hause. Seine Mutter ist Ärztin und schläft im Moment wenn überhaupt in der Klinik. Wenn Juri gleich Feierabend hat, wird er mit seinem Sohn wieder Mathe machen müssen. Aufgaben, die er selbst kaum versteht und die eigentlich schon letzte Woche fertig sein sollten. Gestern Abend hat Juri dabei die Geduld verloren, seinen Sohn angeranzt und dessen Mathebuch an die Wand geworfen. Dann haben sie beide ein bisschen geweint und beschlossen, sich jemanden zu suchen, der Mathe und ihnen helfen kann.

Am Abend zeigt Andreas seiner Frau, was Luis ihm geschrieben hat. Sie überlegen, wo der Junge jetzt sein könnte. Andreas wird ihm eine Nachricht schicken. Erstmal wird ihm zärtlich über die Wangen gestrichen und er kann tief durchatmen und seine Frau küssen. Zusammen hören sie die Türklingel. Die Nachbarin holt ihre Pakete ab. Und erzählt ein paar Minuten lang von ihrem Tag. Und davon, dass sie an der Supermarktkasse jetzt Masken tragen sollen, die ihr aber das Gefühl geben, darunter ersticken zu müssen. Er sieht seine Frau nicken und hört, wie sie Pfefferminzbonbons empfiehlt. Alle drei lächeln ein bisschen und vielleicht wird Andreas gleich die neuen Laufschuhe anprobieren und seine Pulsuhr zurechtrücken.

Antikörper

vorher und jetzt
abgetrennt, gestutzt
karrieren verletzt
gesetze geputzt

so neu und so alt
die anderen verpetzt
so warm und so kalt
vorher und jetzt

zahlen und menschen
masken und pflicht
durch alles durch atmen
in zeiten von

Omas Katze

Ich komme an. Oma ist tot. Die Katze schläft. Nora ist schon da. Ich kann sie mit Mama am Küchentisch sitzen sehen. Niemand weint.

Sie haben sich Fotos angesehen, die ich vom Flur aus nicht erkennen kann. Dabei trinken sie Kaffee, dabei essen sie Kuchen. Dabei sehen sie mich. Zeitgleich springen sie auf und lassen die Fotos zwischen ihre Tassen fallen. Schnell wedeln sie sich Kuchenkrümel von den Körpern. Die Katze wird wach. Mama versucht zu lächeln und mich zu umarmen. Zwei Meter Abstand, erinnert Nora und Mama bremst sich. Bei dir auch, fragt sie und ich zucke die Schultern, sicher ist sicher. Dann gibt sie ihren Töchtern Zeit, sich zuzulächeln.

Ich habe überlebt, Oma ist gestorben. Erst acht Tage nach ihr hat es auch in meinem Hals gekratzt. Schüttelfrost und Müdigkeit. Da lag sie schon im Krankenhaus. Als ich mein Testergebnis bekam, war ich schon fast wieder fit.

Die Katze streicht mir um die Beine. Oma hatte immer eine Katze. Keine von ihnen hatte einen Namen. Sieben Leben, keine Angst. Nora umarmt mich jetzt einfach doch. Und sieht mich lange an. Will sie meine Infektion sehen und deren Nachhall? Mein Glück, meine Trauer oder mich? Unsere Mutter steht neben uns und schluckt und sieht noch kleiner aus als sonst. In Noras Arm fühle ich mich erwachsen.

Mein Blick fällt auf die Fotos. Oma mit Kindern auf dem Schoß oder der jeweiligen Katze, Oma vor Burgen und Schlössern, am

Kaffeetisch oder mit Trophäen in der Hand. Sie hat sich gern gesträubt, wenn es ums Posieren ging. Viele Fotos *mit* ihr gibt es nicht. Dafür gibt es viele Fotos *von* Oma.

Oma war eine Künstlerin. Im Sucher den Blick auf die Welt. Auf Großes und Kleines, auf Gold und Staub. Sogar aus ihren Niederlagen hat sie erschaffen. Werke, Geschichten, sich selbst. Und dieses Haus.

Erst wasche ich mir die Hände und dann das Gesicht. Immer wieder schnauben wir alle drei in unsere ausgeleierten Taschentücher. Wir setzen uns auf sorgfältig voneinander entfernt aufgestellte Stühle. Ich werde nach Henrik gefragt und statt einer Antwort frage ich nach Papa. Im Keller, antworten sie beide.

Im Keller schraubt Papa an seinen Zügen herum. Auch hier große Stille. Er schaut auf. Ich freue mich über seine Freude, mich zu sehen und würde ihn gern auf die raue Wange küssen. Hallo Kleine, sagt er, ich dachte, du kommst eher. Ich knöpfe meine Strickjacke wieder zu und murmele, etwas darüber, wie kalt es hier unten sei. Papa zuckt die Schultern und schaltet das Radio ein. Volle Stunde. Nachrichten.

Hier unten riecht es nach Lötzinn und Rasierwasser. Es gibt drei Zimmer und ein Bad. Alle Türen stehen offen. Mein Vater fummelt an einer Lok herum. Ich spüre den Impuls, mich umzuziehen und zu malern, zu tapezieren oder wenigstens einen Schrank zusammen zu bauen. Vielleicht sollte ich duschen gehen.

...über die Wiederaufnahme des Bundesliga-Spielbetriebs...

Oma war ein lauter Mensch. Unüberhört. Ab jetzt bestimmen andere, wer sie gewesen ist.

...weiter auf persönliche soziale Kontakte zu verzichten...

Mein Zug ist so leer gewesen wie nie zuvor. Ich habe weder Zeitung lesen noch schlafen gekonnt. Der einzige andere Fahrgast hat mich angesprochen. Entschuldigen sie, darf ich Sie um ein Autogramm bitten? Oder sogar ein Foto?

Auch Nora wird oft für diese Schauspielerin gehalten. Wie froh wir waren, als diese Frau in ihrer Fernsehserie starb, so dass wir hoffen konnten, unser gemeinsames Gesicht würde in Vergessenheit geraten. Doch immer wieder wurden wir für sie gehalten, in Wartezimmern, Restaurants oder auf der Straße. Oma hatte sich über jede einzelne dieser Anekdoten gefreut. Es tut mir leid, hab ich mich im Zug geräuspert, sie müssen mich verwechseln.

...unbegrenzte Kreditprogramme...

Der Zug in den Händen meines Vaters steht auf dem Kopf. Er hat keine Räder mehr. Wir hören Nora mit ihrem Koffer die Treppe herunterkommen und unterbrechen unser gemeinsames Schweigen. Ich folge meiner Schwester in ihr Kinderzimmer. Wir öffnen die Reißverschlüsse unserer Koffer und beginnen mit dem Auspacken.

Hier unten sind wir groß geworden. Noras Zimmer neben meinem. Hier haben wir schminken geübt, Zigaretten rauchen und mit Jungs reden. Erste Küsse und mehr, alles hier unten.

Wie lange bleibst du, will sie wissen und ich zucke mit den Schultern. Mal sehen, höchstens übermorgen. Ich auch, sagt sie, allerhöchstens. Ich nicke, öffne meinen Koffer und muss mich fragen, ob sie weiß, dass auch Henrik noch kommen wird.

Ich überlege, mit welchen Worten ich mich erkundigen könnte, ob sie jemand Neuen kennengelernt hat, aber sie kommt mir zuvor. Wo ist Henrik, hat sie ohne mich anzusehen gefragt, und ihr Gesicht zeigt keine Reaktion als sie zu meiner Antwort nickt.

Niemand hasst es mehr als ich, dass er vor mir mit ihr zusammen war. Dass man uns dadurch für noch austauschbarer hält. Wir fanden uns eigentlich immer sehr verschieden. Aber sogar unsere Mutter war immer nur stolz auf unsere Gemeinsamkeiten. Solange wir sie ließen, zog sie uns die gleichen Klamotten an und noch heute nennt sie uns „die Zwillinge", wenn sie über uns spricht.

Nora legt ein langes schwarzes Kleid aufs Bett und ich hänge meinen schwarzen Hosenanzug auf einen Bügel und versuche, die Knitter daraus zu streichen. Er ist anpassungsfähiger als ich. Bewerbungsgespräche, Hochzeiten, Beerdigungen. Allein die dazu getragene Bluse ist es, die ihn in das jeweilige Licht setzt, habe ich Henrik einmal erklärt. Er hat sich immer wieder darüber lustig gemacht. Morgen wird die Bluse vielleicht noch dunkler sein müssen als der ganze Anzug.

Auch Henrik findet uns sehr verschieden. Ich habe ihn nie danach gefragt. Aber natürlich hat Oma es getan. Auch darüber konnte sie lachen. Ich war auch mal Kommunistin, hat sie uns beide daraufhin wissen lassen. Henrik schien mir der einzige, der ihre Witze verstanden hat, ohne mit ihr verwandt zu sein. Ohne sie wäre ich nicht ich. Ich hätte nicht die richtigen Bücher gelesen, die richtigen Platten gehört, die richtigen Bilder gesehen. Sogar das Tango-Tanzen habe ich von ihr gelernt.

Erst beim zehnten oder tausendsten Fussel, den ich von dem schwarzen Stoff pflücke, bemerke ich, dass Nora meinen Blick sucht. Noch einmal weinen, noch einmal schnauben. Sie will, dass ich von den Symptomen erzähle. Und umarmen will sie mich auch. Dann bist du ja jetzt unsterblich, stellt sie fest und ich überlege, was bei so einem Satz alles in ihrer Stimme mitschwingen könnte. Dann hören wir unsere Mutter zum Abendbrot rufen und fühlen uns wie zwölf.

Still und wieder mit Sicherheitsabstand steigen wir die Stufen rauf. Noch vor drei Wochen war sie auf ihrem Fahrrad zur Galerie gefahren, erzählt Mama mit der Katze auf dem Schoß. Wir nicken. Die Katze schnurrt.

Oma war ein undurchsichtiger Mensch. Hinter Witzen, Fragen und Schachtelsätzen hat sie sich verborgen gehalten und nur ganz selten gezeigt. Wer immer sie angegriffen hat, konnte nicht erkennen, ob das Ziel getroffen oder verfehlt worden war.

Zu Weihnachten hatte ich sie zuletzt gesehen. Wie immer hatte sie Fotos von mir gemacht. Die dünne Haut war um die Augen herum dunkler. Auch stiller als sonst schien sie mir. Haut und Knochen, hatte Mama festgestellt. Aber dasselbe behauptet sie immer von ihren Töchtern. Nachdem Mama sie gefragt hatte, warum der Rum schon wieder alle war, hat sie mir verschwörerisch zugelächelt. Zwischen all den alten Fotos suchte sie mir eins von mir auf ihrem Arm heraus. Ich war vier und weinte.

Ich bin 28 und weine. Die Katze kommt und schmiegt sich an mich. Ob sie Oma vermisst?

Auch Papa ist nach oben gekommen und hilft uns beim Essen. Vor ein paar Jahren haben wir an diesem Tisch gesessen und ihren

Achtzigsten gefeiert. Man hatte sie mit Orden, Gratulationen und Grußworten überhäuft, es hatte Ausstellungen gegeben und neue Sammelbände. Aber am Abend ihres Achtzigsten saßen nur wir fünf an diesem Tisch und haben mit Rum angestoßen, den sie gerade zu lieben gelernt hatte. Ich weiß nicht, ob dies noch die gleiche Katze ist wie damals. Seit diesem Tag durfte man sie wieder auf ihr Alter ansprechen. Dennoch verließ sie ihr Zimmer nie ungeschminkt.

Gleiches Haus, gleiche Familie, gleicher Tisch. Oma fehlt. Als die Katze ihr Futter bekommt, finde ich eine klebrige Flasche Rum. Halbvoll oder halbleer. Es ist nie für irgendwas zu spät, hat Oma ihre Interviewer zuletzt gern wissen lassen, und dass sie erst achtzig werden musste, um Rum zu mögen. Kaum ein Artikel zu ihrem Tod kommt ohne diese Anekdote aus. Ihr hätte es gefallen, grinst mein Vater dazu und hat recht.

Oma war eine Freundin. Wen sie geliebt hat, der hat es zu spüren bekommen. Den hat sie vergnügt, getröstet und gewarnt. Dem hat sie zu grübeln gegeben, zu essen und sich selbst. Dem hat sie beim Leben geholfen und manchmal sogar beim Sterben.

Oma war eine Feindin. Wen sie gehasst hat, dem ist es nicht verborgen geblieben. Impulsiv und menschlich. Und wenn ihr die Feinde darin ähnlich genug waren, sind sie manchmal sogar zu Freunden geworden.

Längst ist es dunkel und der Pfarrer blinzelt als er in die Küche kommt und auch „den Zwillingen" heute natürlich nicht die Hand gibt. Die Katze springt auf und verschwindet ins Wohnzimmer. Wir alle wissen, dass Oma an seinen Gott nicht geglaubt hat.

Nora ist nett genug für ein paar Nachfragen, als er von seinen Videogottesdiensten erzählt. Und Mama gießt vier Gläser von dem Rum ein, als er gegangen ist.

Der niemandem von uns schmeckt. Zwischen all den Taschentüchern bleiben wir lange auf und murmeln uns die halbe Nacht Erinnerungen zu. Alles ist ein bisschen wie Weihnachten. Ohne Geschenke, ohne Streit. Mit Katze. Bilder werden herumgezeigt, Tränen trocknen und kommen zurück. Abstände schmelzen, die Geschichten wiederholen sich und irgendwann räume ich die Gläser in die Spülmaschine und gehe in das Bett, in dem Nora erwachsen geworden ist.

Beim Einschlafen ist das Haus sehr still. Bist du wirklich wieder ganz gesund, höre ich meine Schwester fragen. Im Dunkeln wiederhole ich ihr, was die Ärzte gesagt haben. Beim Einschlafen überlege ich, ob Oma es hasst, tot zu sein. Nach all diesem Leben. Ich denke daran, wie sie mich beim letzten Mal auf eine Art angesehen hat, die mich zum ersten Mal überhaupt darüber nachdenken ließ, ob auch sie mich manchmal mit Nora verwechselt.

Als ich aufwache, sind alle schon in der Küche. Die Katze schläft. Es ist der Tag der Beerdigung. Wir vier und der Pfarrer. Und Henrik?

Beim Frühstück sehen wir auf den ersten Blick vielleicht aus wie eine Bilderbuchfamilie. Auf den zweiten wie eine Familie. Und dann nur noch wie vier Menschen in einer Küche. Wir kreisen umeinander und um die Katze und zwischen den Wänden herum, die voll sind mit Omas Fotografien und es auch bleiben werden.

Vom warmen Wasser der Dusche fühle ich mich umarmt. Meine Tests sind jetzt negativ, aber sie ist selbst als Leiche noch infektiös. Oma war eine Schaulustige. Sie mochte genau hinsehen. Mit der Kamera näherkommen, sich mit der Kamera distanzieren.

Meine Haare riechen nach Mamas Shampoo als Henrik das Wohnzimmer betritt und seufzt. Wir küssen uns und Mama freut sich und will ihn mit Kuchen füttern, aber er lehnt lächelnd ab. Die Katze lässt sich von ihm streicheln und er nickt Nora zu, der sogar ein Lächeln gelingt.

Mein schwarzer Anzug neben Noras schwarzem Kleid. Katzenhaare. Mama verbietet Papa und Henrik, weiter über Politik zu reden. Zu Fuß zum Friedhof, der Pfarrer, die Worte, der Sarg, die Tränen. Ein Meer aus Kränzen und Blumen. Das leise Brummen der Absenkautomatik mit dem Sarg. Ein Klumpen Erde und ein hohles Geräusch. Als wir wieder reden können, nennen wir das alles einen unglaublich schlechten Film. Aber Oma hätte viele Fotos davon gemacht, weiß sogar Henrik.

Sie konnte nicht einfach vor sich hinsterben. Es musste schon die größte Seuche des Jahrtausends sein. Die Krone eines vollen Lebens, hat der Pfarrer es genannt. Sogar Nora hat mit den Augen gerollt. Wenn ich mich anstrenge, klingt Omas Lachen in meinem Kopf. Gehört und gesehen, geliebt und gefeiert. Oma war eine Siegerin.

Zwischen Kaffeetrinken und Abendessen spielen wir in Jogginganzügen Karten. Weil ich gewinne, muss ich den Rum austrinken. Die Zeit fühlt sich zäh an. Die Katze schläft. Später gähnen wir und verabschieden uns ins Bett. Henrik gibt mir einen Gutenachtkuss. Er schläft nebenan in meinem alten Zimmer, in das jetzt neben die ganzen Sportgeräte nur noch das schmale Bett passt.

Als Nora noch mit Henrik zusammen war, haben die beiden in diesem Bett geschlafen und ich allein nebenan. Ich wollte nicht, dass er mir gefällt. Nach der Trennung hat er mir weiter Nachrichten geschrieben. In den ersten hatte er noch gefragt, wie es ihr geht, dann nur noch nach mir.

Die Katze ist mit in unser Bett gekrochen. Neben mir tut meine Schwester so, als würde sie schon schlafen, kichert dann aber trotzdem, als ich frage, was Oma wohl von ihrer Beerdigung gehalten hätte. Viel zu wenig Leute, vermutet sie genau wie ich. Später erzählt Nora von einer Dating-App und einem Mann, mit dem sie jetzt manchmal per Videochat zusammen kocht. Du solltest morgen nicht nach Hause fahren, sondern zu ihm, rate ich ihr und flüstere ihr ins Ohr, dass es das ist, was Oma getan hätte.

MIX
Papier | Fördert
gute Waldnutzung
FSC® C083411

Zeitfracht Medien GmbH
Ferdinand-Jühlke-Straße 7
99095 Erfurt, Deutschland
produktsicherheit@kolibri360.de